NOTA A LOS PADRES

Aprender a leer es uno de los logros más importantes de la infancia. Los libros de *¡Hola, lector!* están diseñados para ayudar al niño a convertirse en un diestro lector y a gozar de la lectura. Cuando aprende a leer, el niño lo hace recordando las palabras más frecuentes como "la", "los", y "es"; reconociendo el sonido de las sílabas para descifrar nuevas palabras; e interpretando los dibujos y las pautas del texto. Estos libros le ofrecen al mismo tiempo historias entretenidas y la estructura que necesita para leer solo y de corrido. He aquí algunas sugerencias para ayudar a su niño *antes*, *durante* y *después* de leer.

Antes
- Mire los dibujos de la tapa y haga que su niño anticipe de qué se trata la historia.
- Léale la historia.
- Aliéntelo para que participe con frases y palabras familiares.
- Lea la primera línea y haga que su niño la lea después de usted.

Durante
- Haga que su niño piense sobre una palabra que no reconoce inmediatamente. Ayúdelo con indicaciones como: "¿Reconoces este sonido?", "¿Ya hemos leído otras palabras como ésta?"
- Aliente a su niño a reproducir los sonidos de las letras para decir nuevas palabras.
- Cuando necesite ayuda, pronuncie usted la palabra para que no tenga que luchar mucho y que la experien___ ___ lectura sea positiva.
- Aliéntelo a divertirse leyendo con mucha exp___ actor!

Después
- Pídale que haga una lista con sus palabras favoritas.
- Aliéntelo a que lea una y otra vez los libros. Pídale que se los lea a sus hermanos, abuelos y hasta a sus animalitos de peluche. La lectura repetida desarrolla la confianza en los pequeños lectores.
- Hablen de las historias. Pregunte y conteste preguntas. Compartan ideas sobre los personajes y las situaciones del libro más divertidas e interesantes.

Espero que usted y su niño aprecien este libro.

—Francie Alexander
Especialista en lectura
Scholastic's Learning Ventures

Para Jack y Selma, con todo cariño
— M. B.

Mi especial agradecimiento a Laurie Roulston,
del Museo de Historia Natural de Denver,
por su valioso asesoramiento.

Originally published in English as *Dive! A Book of Deep-Sea Creatures*

Translated by Miriam Fabiancic.

ISBN 0-439-31732-0

Photography and illustration credits:

Cover: Norbert Wu; page 3 and 12: Gregory Ochocki/Innerspace Visions, courtesy of Scripps Institution of Oceanography; page 4: Dale Stokes/Mo Yung Productions; page 7: Norbert Wu; page 8: Gregory Ochocki/ Innerspace Visions, courtesy of Scripps Institution of Oceanography; pages 10-11, 13-16: Norbert Wu; page 18: Doug Perrine/Innerspace Visions; page 19: Bob Cranston/Innerspace Visions; page 20: James D. Watt/Innerspace Visions; page 21: Bob Cranston/Innerspace Visions; pages 22-24: Richard Ellis/ Innerspace Visions; page 27: Michael S. Nolan/Innerspace Visions; page 28: Doug Perrine/Innerspace Visions; pages 30-32: Norbert Wu; page 34: David Fleetham/Innerspace Visions; page 35: Doug Perrine/ Innerspace Visions; page 36: Andrew J. Martinez/Photo Researchers; page 37: B. Murton/Southampton Oceanography Centre/Science Photo Library/Photo Researchers; page 38: 1993 NSF Oasis Project/Norbert Wu; page 40: Norbert Wu.

Library of Congress Cataloging-in-Publication data available

12 11 10 9 8 7 6 5 4 3 2 1   01 02 03 04 05 06

Printed in the U.S.A.
First Scholastic Spanish printing, September 2001

¡INMERSIÓN!

Animales del fondo del mar

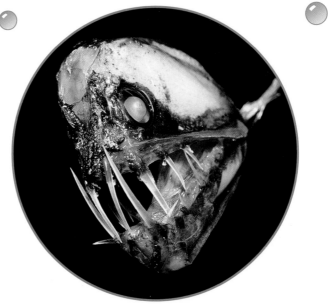

por Melvin Berger

¡Hola, lector de ciencias!—Nivel 3

Cartwheel
·B·O·O·K·S·®

SCHOLASTIC INC.

New York Toronto London Auckland Sydney
Mexico City New Delhi Hong Kong Buenos Aires

CAPÍTULO UNO

Bajemos al fondo

¿Te gustaría visitar el fondo
del mar?
Es fácil.
Sube a este pequeño submarino,
toma asiento y ¡allá vamos!

El submarino se sumerge en el mar.
Al principio el agua es azul y brilla
con el sol.
Hay muchos peces.

A medida que el submarino desciende,
el agua se hace más oscura.
Los rayos del sol no llegan a las
profundidades y hay menos peces.

Cuando el submarino llega a una milla de
profundidad, el agua es más oscura que
una noche sin estrellas.

¡PUM!
El submarino aterriza en el fondo del mar
y enciende sus faros.
El suelo está cubierto de barro y hay
caracolas y espinas de peces.
Si pudieras tocar el agua, comprobarías
que está helada.

Aquí viven muy pocas plantas y animales.
¡Y qué aspecto más extraño tienen!
¡Parecen seres de otro planeta!
Bienvenido al increíble y misterioso
mundo del fondo del mar.

CAPÍTULO DOS

Linternas vivas

El mar es oscuro, pero si miras con atención, verás lucecitas que se mueven de aquí para allá.

Esas lucecitas salen de los animales que viven aquí.

Casi todos ellos producen luz con sustancias químicas que tienen dentro del cuerpo.

Con la luz atraen a las presas para comérselas.

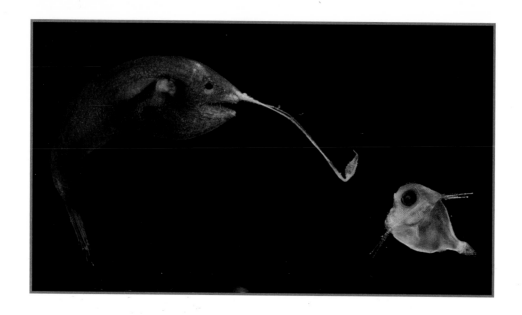

El **pez pescador** vive cerca del fondo
del mar.
La hembra tiene en la cabeza una
especie de vara que parece una caña
de pescar. Pero en la punta, en lugar
de carnada, tiene una luz.

Cuando los peces se acercan
a la luz, el pez pescador los atrapa
y se los come.
¡Adiós pez!

La hembra del pez pescador lleva algo
más en la cabeza: ¡nada menos que
a su pareja! El pez macho es mucho
más pequeño. Se pega a la hembra
y ahí se queda el resto de su vida.
¡Qué pareja tan unida!

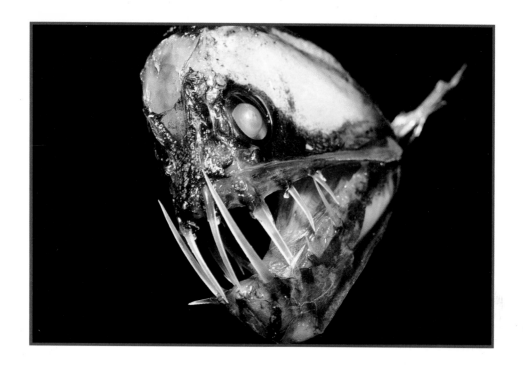

El **pez abisal** también lleva una luz como
el pez pescador, pero, además, tiene otras
luces... ¡dentro de la boca!

Cuando nada, abre la boca de par en par.
Otros peces pequeños ven las luces
brillantes y van hacia ellas. En cuanto están
cerca, el pez abisal los atrapa y se los traga
en un abrir y cerrar de ojos.

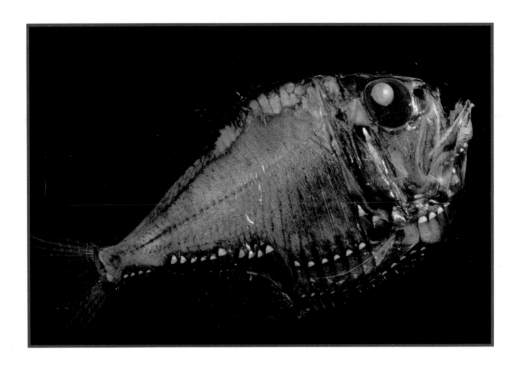

El **pez hacha**, en lugar de tener una caña
con luz, tiene una hilera de luces en la parte
inferior del cuerpo que brillan cuando nada.

Los otros peces se acercan a curiosear.
¡Grave error!
El pez hacha gira rápidamente con
la boca abierta y se come a los curiosos
de un solo bocado.

El **pez linterna** también alumbra,
pero la luz la producen unos gérmenes
o bacterias brillantes que tiene en
el cuerpo.

Además, el pez linterna tiene dos bolsas
transparentes debajo de los párpados.
En estas bolsas se alojan las bacterias
brillantes. Como no las puede apagar,
cuando quiere que no se vean, las tapa
con una capa de piel.

La luz le ayuda a protegerse.

Si se acerca un enemigo, el pez linterna

nada en línea recta con las luces

encendidas; luego las cubre y gira

de pronto.

¿Dónde se habrá metido?

El enemigo no lo puede ver y

el pez linterna se aleja tranquilamente.

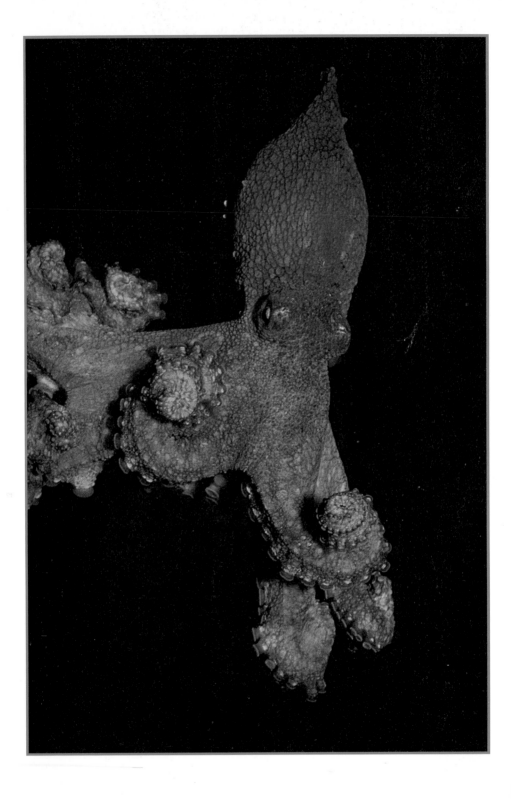

CAPÍTULO TRES

Tentáculos y ojos enormes

Muchos animales del fondo del mar
tienen los ojos enormes.
¿Por qué será?
Porque cuanto más grandes son
los ojos, mejor ven en la oscuridad.

Algunos **pulpos** viven en aguas
muy profundas.
Tienen dos ojos muy grandes que
les ayudan a encontrar su presa.

El pulpo tiene ocho brazos o
tentáculos que le salen de la cabeza.
En cada tentáculo hay dos filas de
ventosas redondas que le ayudan
a atrapar y sujetar cualquier cosa.
Si un pulpo pierde un tentáculo,
le crece otro.

El **calamar** es parecido al pulpo.

También tiene dos ojos gigantescos.

Alrededor de la cabeza tiene diez brazos:

ocho largos y dos incluso más largos.

Todos los tentáculos tienen ventosas

para sujetar a las presas.

El calamar nada de una forma muy
extraña: se llena el cuerpo de agua,
luego la expulsa violentamente y sale
disparado como un jet.

Cuando ve las luces de algún pez,
estira con fuerza los tentáculos,
lo atrapa y se lo mete en la boca.

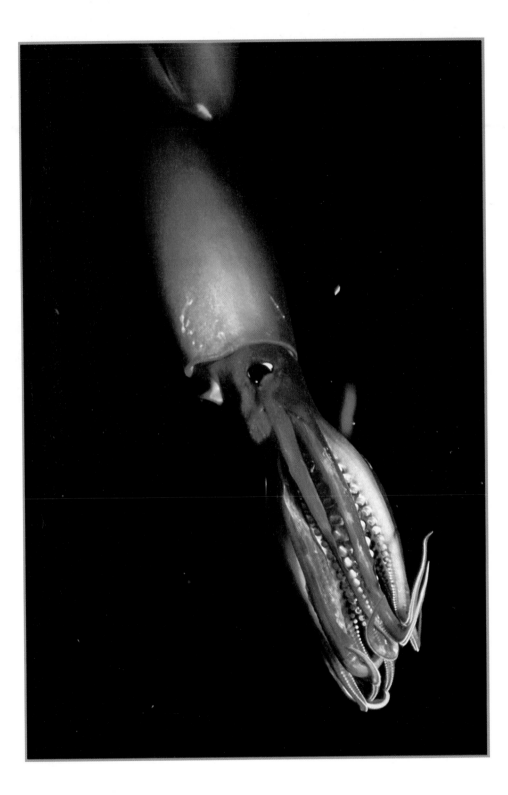

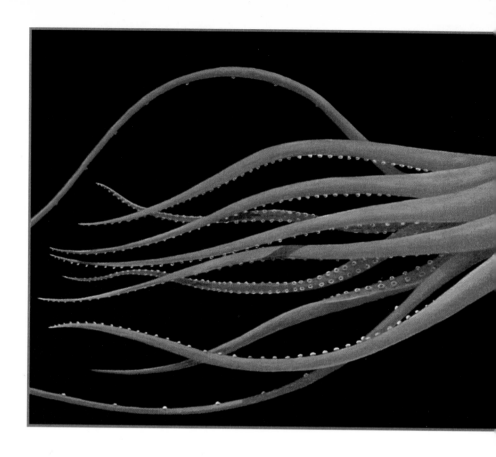

El **calamar gigante** es el más grande
de todos los calamares.
¡Algunos llegan a ser tan grandes
como un autobús!

Esta criatura de color rojo oscuro tiene
los ojos más grandes del mundo. Cada
ojo es tan grande como la tapa de las
ruedas de un auto.

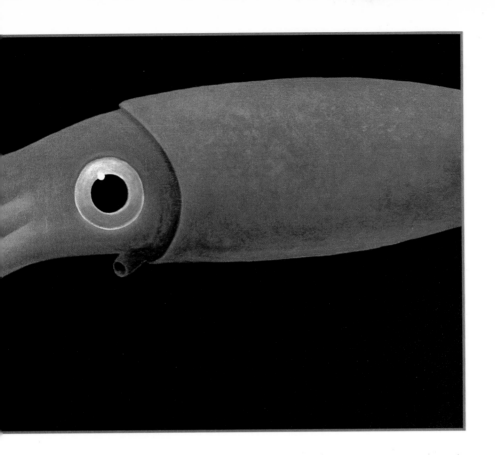

¡El calamar tiene dientes
en la lengua! ¿Sabes por qué?
Porque usa la lengua para masticar
y no para chupar.

Hace años, los marineros solían
contar historias de monstruos
marinos gigantescos. ¡A lo mejor
esos monstruos eran en realidad
calamares gigantes!

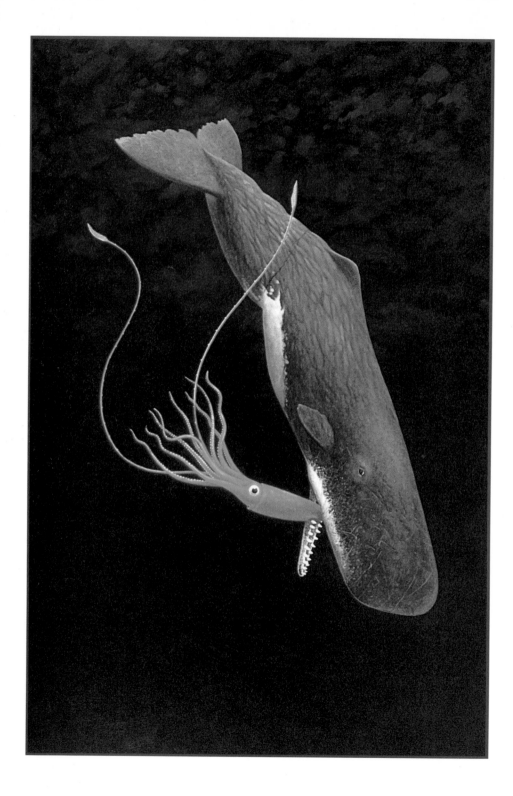

CAPÍTULO CUATRO

Buceador de fondo

El calamar gigante tiene un solo enemigo: el poderoso cachalote o **ballena de esperma**. Esta ballena come toda clase de animales marinos, pero su favorito es el calamar gigante.

El cachalote, como todas las ballenas, tiene que salir a la superficie para respirar. Pero para comer calamares baja al fondo del mar.
¿Cómo lo hace?
¡Es un buceador del fondo del mar!

El cachalote llena sus enormes pulmones
de aire, contiene la respiración
y se sumerge de cabeza.
Cuando baja a una milla más o menos,
se detiene y espera.

Con un poco de suerte, puede pasar
un calamar nadando por ahí.
El cachalote lo atrapa con la boca
por uno de sus tentáculos.
El calamar intenta defenderse como puede.

El cachalote y el calamar son casi igual
de largos, pero el cachalote es mucho
más pesado.
Se traga al calamar de un solo bocado,
¡vivito y coleando!
El calamar sigue peleando;
araña el estómago del cachalote y
hasta le deja cicatrices.

El cachalote sólo puede quedarse
sumergido en el agua durante
una hora; luego tiene que salir
a respirar.
Cuando sale a la superficie,
expulsa el aire tibio.
Con su aliento forma un chorro de
vapor, como si fuera una fuente.

Al cabo de un rato, vuelve a tomar
aire y se sumerge de nuevo.

CAPÍTULO CINCO

Bocas enormes y estómagos elásticos

La vida en las profundidades es muy difícil.
A veces, entre bocado y bocado puede
pasar bastante tiempo.
Hay veces que sí abundan los alimentos.
Entonces, los peces tienen que aprovechar
y comer todo lo que puedan. En estos
casos, les resulta muy útil tener la boca
grande y el estómago elástico.

Los peces que viven en el fondo del mar
suelen ser pequeños, pero pueden abrir
la boca muy grande.
Hay algunos que pueden abrir tanto
las mandíbulas, que se llegan a tragar
animales el doble de grandes que ellos.

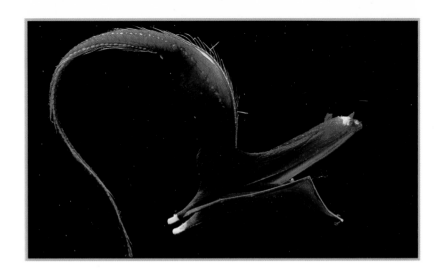

La parte más grande de la
anguila engullidora es la boca.
Su cuerpo es largo y delgado,
como una cola, y en la punta tiene una
luz roja parecida al faro trasero de un auto.

Con la luz atrae a la presa.
Sus mandíbulas se encargan del resto.
La anguila sujeta a la presa con docenas
de dientes pequeños y afilados, y luego se
la traga de un bocado.

Cuando traga, el estómago se le estira.
¡Puede incluso doblar su tamaño!

El **pez engullidor** también tiene
una boca enorme y una panza elástica.
¿Por qué crees que lo llaman así?
Sólo mide unas seis pulgadas de largo,
pero puede tragar presas el doble
de grandes que él.

A veces el pez engullidor se llena tanto
la panza que la piel se le estira hasta
quedar casi transparente.
¡Si miras con atención verás
lo que comió hace un rato!

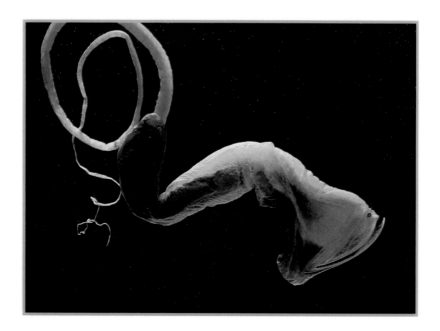

CAPÍTULO SEIS

El fondo del mar

En el fondo del mar no hay
muchas señales de vida.
Las criaturas que viven ahí son
muy extrañas.
La más rara es el **pez trípode**:
¡puede caminar!

El pez trípode camina sobre tres
"patas", que en realidad son la cola y
dos aletas laterales. Estas patas
le ayudan a levantarse del suelo.
También le sirven para atrapar
camarones que nadan por
el fondo del mar.

El **pez rata** se parece al tiburón.
Para comer, escarba el barro y
se alimenta de los animalitos
que viven enterrados ahí.

El pez rata macho tiene una forma
muy rara de atraer a la hembra.
Emite un sonido similar al de un tambor.
Si a la hembra le gusta el ritmo,
se acerca.

El **pepino de mar** parece un pepino
de huerta, pero con patas.
Sin embargo, el pepino marino es
un animal y no un vegetal.
Estos seres alargados viven
en grupos numerosos.
Encuentran su alimento en el fango.

Los peces y los cangrejos se alimentan
de pepinos de mar, pero deben tener
mucho cuidado porque cuando los pepinos
se sienten en peligro, lanzan unos hilos
blancos que atrapan al enemigo,
y así pueden escapar.

La **pluma de mar** se parece al pepino de mar.
Vive en colonias numerosas
en el fondo del océano.
Tiene el aspecto de una antigua
pluma de escribir.
Siempre están clavadas en el mismo sitio y,
para comer, esperan a que lleguen
los alimentos, que consisten en pequeñas
partículas que flotan a su alrededor.

Otros animales que también viven pegados
al fondo del mar son los **chorros de mar**.
Se llaman así porque para alimentarse
aspiran el agua, y se comen las criaturas
diminutas que entran con ella.
Luego expulsan el resto del agua con fuerza,
como un chorro.

CAPÍTULO SIETE

Chimeneas negras

El agua del fondo del mar es
helada, excepto en algunos sitios.
El agua fría se mete por las grietas
del fondo y se calienta en el interior
de la tierra.
El agua caliente sale por las
llamadas "chimeneas hidrotemales".

Los **gusanos tubícolas** se agrupan alrededor
de estas zonas de aguas templadas.
Estos animales viven dentro de unos tubos
delgados y blancos que están pegados
al fondo del mar.
Los tubos están hechos de arena y otras
sustancias que producen los gusanos.

Los tubos los protegen de los cangrejos y
otros enemigos.
Algunos pueden llegar a tener la altura
de una persona alta.
Las lombrices no tienen que buscar alimento.
En el cuerpo tienen unas bacterias
que producen el alimento que necesitan.
Las bacterias se alimentan de las sustancias
químicas del agua de las chimeneas.
Luego se convierten en alimento
de los gusanos.

El **camarón de fondo** también se alimenta de
una bacteria que vive en su boca.
Las bacterias absorben las sustancias químicas
que el camarón escarba del fondo del océano.
Las bacterias se alimentan de esas sustancias
químicas y luego se convierten en alimento de
los camarones.

Los submarinos tampoco se pueden
quedar sumergidos para siempre.
Es hora de dejar a los animales
del fondo del mar con sus:

- linternas
- tentáculos y ojos enormes
- bocas gigantescas y estómagos elásticos
- tres patas y
- cuerpos pegados al fondo.

¡Quizás pronto los podamos visitar
de nuevo!